PHYSIOLOGIE

DU

RECENSEMENT.

DECHAUMONE

1.ᵉ Livraison.

PARIS.

CHEZ L'ÉDITEUR ET LES Mᵈˢ DE NOUVEAUTÉS.

1841.

PHYSIOLOGIE

DU

RECENSEMENT.

PARIS.

CHEZ L'ÉDITEUR, ET LES M^{ds} DE NOUVEAUTÉS.

1841.

PROLOGUE.

———

Toulouse.

———

I.

Toulouse, à toi salut ! Dis-nous, cité rebelle,
De quel crime on t'accuse, et pourquoi l'*arsenal*,
Devenu du pouvoir l'allié trop fidèle,
Contre toi livre-t-il ses canons à Duval ?
La discorde est partout : partout la barricade,
Dans leur marche entravant Messieurs les gens du Roi !
Ils cernent tes maisons, et c'est par escalade
    Qu'ils espèrent entrer chez toi !

    La ville si chère au trouvère,
    Oublieuse de ses chansons ;
    Et folle, et rieuse naguère,
    S'éveille au bruit des lourds caissons.

Pourquoi ? c'est que d'Humann repoussant l'ordonnance,
Toulouse ne veut pas que le fisc le recense :
Toulouse méconnaît les ordres de Paris,
Pour le nouvel impôt il demande un sursis !

II.

Sans doute, i! fut un temps où la France guerrière
Donnait son sang à flots, son or par millions :
C'est que partout alors elle marchait première.
Comme un royal Berger, gardien des nations,
Elle frappait le sol d'un revers de houlette,
Et le sol enfantait un sceptre ou bien des fers ;
Du bout de son ruban, la terrible coquette
　　En laisse menait l'univers !

Et dans ses flots de gloire abreuvant son courage ,
Après avoir donné, redonnant davantage ,
La France s'écriait : — « Prenez ce qu'il vous faut,
« Notre or et notre sang ne feront point défaut ! »

Pour sa gloire altéré d'une soif dévorante,
C'est qu'un soldat héros, nomade conquérant ,
Au monde interceptait son ombre pour sa tente ;
C'est que, sublime acteur dans un drame géant ,
Il nous faisait marcher de surprise en surprise !
C'est que pour l'applaudir s'élevaient mille voix.
L'Europe était debout , la France était assise
    Devant un parterre de Rois !

Vous, hommes d'aujourd'hui, montrez-nous vos trophées!
La discorde et l'émeute à grands frais étouffées ;
Transnonain pour Iéna , Lyon pour Austerlitz !
Le Corse nous fit grands, vous nous faites petits.....

Là-bas était l'Egypte ; à l'heure de détresse
Elle crie : « A moi, France ! » et vous à cet appel
Vous êtes restés sourds ! fort de votre faiblesse,
L'Anglais a triomphé dans ce honteux duel !
Nous sommes devenus tributaires de honte :
Voilà ce que partout en Europe on raconte !
L'Europe qui jadis tremblait avec ses rois,
Aujourd'hui marche encor de surprise en surprise !
Notre France est debout et l'Europe est assise !
    Où donc est l'acteur d'autrefois?

Vous demandez de l'or ! mais qu'en voulez-vous faire ?
Sachez qu'il est des maux que l'or ne peut guérir :
Il ne peut vous sauver si vous devez mourir !
L'or, au deuil de l'honneur, sert-il donc de litière ?
La taxe de la gloire est celle du budget.
Ministres, comptez bien : tout compte fait, je pense,
    C'est le fisc qui nous redevrait.
Votre gloire en retard nous a mis en avance.

Eh ! dites maintenant, Toulouse a-t-il grand tort ?
Le plus grand à vos yeux et son arrêt de mort,
Vous l'auriez prononcé, mais devant la victime
Vous hésitez : la peur vous sauvera d'un crime.
Chez vous, c'est de la peur que naîtra la pitié.
Décimer Toulouse ! eh ! l'auriez-vous oublié ?
Quand la France se vit au visage frappée ;
Quand l'ennemi vers elle accourt de toutes parts,
    Tenant encore son épée !
Quelle cité luttait du haut de ses remparts !

Toulouse, qui fidèle au culte de la gloire,
Pour faire ses adieux à l'homme du destin,
Se montre sur la brèche ! hôte de la victoire ;
Il vient pour recueillir les débris du festin !
L'honneur aux Toulousains est bien héréditaire,
Craignez de l'accuser ! vous ne seriez pas crus.
    Au fond de votre coupe amère
Ce serait d'amertume une goutte de plus !

III.

Voyez-vous ce colosse immense?
D'un rivage à l'autre il s'élance :
Entre les jambes du géant,
L'esquif voyageur en passant
Courbe ses voiles et sa tête,
Sinon le colosse l'arrête !

Ainsi, barrant la route au vaisseau de l'état,
Toulouse sur ses bords peut enchaîner ses voiles.
Avant de lui livrer un dangereux combat,
Augures du château, consultez les étoiles :
Oui, puisez la lumière à ses sources divines;
Toulouse le permet, et vous pouvez choisir
Ou du grand écueil à franchir,
Ou de l'opprobre assis sous les fourches caudines !

IV.

Ville du Capitole, à ton soleil ardent
Tes frères ont senti se réchauffer leur sang !
Admirer le tournoi, c'est vouloir y descendre.
Pour le cartel géant que tu viens d'entreprendre
Chacun de nous voudrait te servir de parrain,
Et de la lutte alors on peut prévoir la fin !

Au fond de la fournaise , où gronde ta colère,
Déjà tous les regards vont chercher l'avenir,
    Et des flancs brûlants du cratère
Ils voudraient arracher l'arrêt prêt à sortir.

Il est grand d'attaquer l'Aigle ministérielle
Dans son vol entraînant des lingots de notre or :
Toulouse , parmi nous ta gloire déjà belle
A grandi sous nos yeux , elle est plus belle encor ;
Dans ta lutte, vainqueur, sois grand comme ton rôle ;
Venge-toi d'un seul mot. Sur le mur, de ta main
    Ecris ce beau vers Toulousain :
« La rocho Tarpèïenne est près du Capitole ! »

Imp Pollet et C., rue St-Denis, 380.

CHAPITRE Ier.

où l'auteur revient à la prose. — Salut à monsieur Humann.

❧❀❖❀❧

Pardon, ami lecteur! peut-être ai-je commis une faute grave à vos yeux. J'ai commencé la *Physiologie du Recensement* sur le ton épique; coupable, voici mon excuse : puissiez-vous la recevoir comme je vous l'offre :

« Comment parler de *Toulouse* et de son *Capitole* sans em-
» ployer le langage des Dieux! quand il s'agit de Toulouse, la
» cité politique, ne faut-il pas s'écrier: arrière, vile prose!»

Voilà ce que j'avais pensé. Maintenant nous rentrons à Paris : nous laisserons donc Pégase à la barrière! MM. les agens du fisc ne lui permettraient pas d'entrer sans payer, et Pégase doit voyager *franc de port!* Dieu soit loué, messieurs de la censure ne lui ont pas encore entièrement rogné les ailes. Cela viendra peut-être. Tenons compte à ces estimables industriels de leurs bonnes intentions! ils regardent déjà la liberté de la presse comme morte. Ils se pressent comme des oiseaux de proie autour de son lit d'agonie.

2

Elle mourra peut-être !

Mais en vérité, je vous le dis, la morte ressuscitera le troisième jour.

Cet oracle est plus sûr que celui de Calchas !

Donc, bonsoir à Toulouse et bonjour à Paris !

Salut à ses grands monuments et à ses petits hommes !

Salut à son million d'habitants !

Salut à chaque Parisien en général, et à chaque Parisienne en particulier !

Salut à tout le monde !

Oui, je me sens d'humeur à saluer tout le monde !

Monsieur Thiers et monsieur Berryer.

La république et la légitimité.

Salut au *passé*, et salut à l'*avenir*. — On me permettra de n
pas saluer le *présent* !

Salut à leurs Excellences les ministres !)

Salut *même* à monsieur Humann, qui pourtant veut nous
recenser. Ce qui ne me paraît pas fort censé de sa part.

Et à propos de *Recensement*, comment leurs Excellences
espèrent-elles se tirer de ce guêpier-là ?

Je regarde monsieur Humann comme un grand chasseur.
A chaque petit coup de fusil qu'il tire, il abat un, deux, trois,
quatre gros millions.

Voilà ce qui s'appelle ne pas tirer sa poudre aux moineaux.

Monsieur Humann est donc un habile Nemrod; n'importe, il
vient de faire lever un lièvre qui peut le conduire loin.

Que dis-je un lièvre !

Le *Recensement* est bien un magnifique sanglier, armé de sa
hure et de ses défenses, et qui avant de se laisser forcer dans
son fourré, fera une vigoureuse résistance !

Monsieur Humann, répondez, une main sur votre conscience
de ministre alsacien, et l'autre sur la détente de votre bon fusil
de chasse. Répondez à ma question.

Avant d'attaquer la bête, — je parle du *Recensement*, —
monsieur Humann, avez-vous bien calculé jusqu'où pourra aller
la résistance désespérée qu'elle ne manquera pas de vous
opposer?

N'avez-vous point vendu la peau de la bête avant qu'elle ne fût abattue?

C'est un tort.

Vous deviez le savoir. Depuis longtemps La Fontaine nous l'a prouvé.

Vendre la peau du *Recensement!*

Et si le *Recensement* allait vous dévorer!

Au moment où vous croirez pouvoir mettre la main sur votre proie, si elle allait se dresser sur ses pattes! vous montrer sa tête menaçante!

prenez garde! c'est un conseil d'ami que je vous donne!

Il ne faut vendre la peau de l'ours que lorsqu'il est abattu!

Que lorsqu'il est mort ! bien mort !

Il faut compter sur le *Recensement*, non pas quand vous *croirez* l'avoir fait, mais bien quand les contribuables auront payé !

Et tenez, je gage que déjà votre ordonnance vous embarrasse ; je suis sûr que vous voudriez de grand cœur ne l'avoir jamais rendue.

Salut à monsieur Humann ! bientôt nous nous reverrons !

CHAPITRE II.

Intérieur d'un Ministère.

Quand je vous disais que l'ordonnance de M. Humann l'embarrassait, eh bien ! avais-je tort ou raison ?

Je voulais présenter mes hommages respectueux à une Excellence dont j'ai l'honneur d'être le compatriote. Son Excellence est invisible.

Invisible même pour moi !

Qu'est-ce à dire ? et que se passe-t-il dans ce moment ? J'interroge l'huissier audiencier de son Excellence.

L'huissier, pour toute réponse, porte son index à la hauteur de son nez, ayant soin d'appuyer la seconde phalange digitale sur sa bouche discrète, ce qui lui donne un faux air avec le dieu du silence.

Cette réponse ne me paraît pas des plus claires. Je veux savoir depuis quand les employés du ministère répondent en ne répondant rien.

— Le *Recensement*, — me dit-il.

Et ce mot, ce seul mot, lui paraît une raison tellement claire, qu'il se refuse à m'en donner une autre !

Le Recensement !

Ainsi c'est le Recensement qui m'empêche de voir son Excellence !

Ainsi son Excellence est retenue au conseil !

Le conseil des ministres est réuni !

Pourquoi ?

Pour quel motif !

A cause du Recensement !

Puisque son Excellence n'est pas à son hôtel, rendons-nous à celui de la présidence.

M'y voilà !

Dieu ! quel remue-ménage ! quel va-et-vient ! quel flux et reflux d'ordonnances à pied et d'ordonnances à cheval qui partent, arrivent, se croisent en tous sens !

L'hôtel de la présidence ressemble dans ce moment à un bivouac, à un quartier général, où le commandant en chef a réuni son état-major.

L'état-major d'un ministre se compose de trois choses :

De ses ordonnances à pied et à cheval, choisies dans la garnison de Paris ;

De ses courriers ordinaires et extraordinaires ;

Et du télégraphe.

Parlons d'abord des ordonnances et des courriers de son Excellence.

Plus tard, nous parlerons du télégraphe !

Le télégraphe mérite un chapitre à part, et nous le lui consacrerons !

L'ordonnance de son Excellence *n'ordonne rien*, absolument rien. Seulement elle reçoit les ordres qu'elle transmet avec toute la promptitude qu'elle est endroit d'attendre de son *Bucéphale.*

Il est vrai que le Bucéphale de l'ordonnance est souvent un Limousin rétif qui s'arrête à chaque coin de rue, s'effarouche, se montre *ombrageux*, comme un employé du pouvoir.

Le brave animal, s'il était sur un champ de bataille, irait droit son chemin ; il ne broncherait pas. Mais, ici, il s'agit du service d'un ministre, et son instinct lui dit qu'à ce métier on ne peut gagner de beaux états de service ; que si on y reçoit la croix, c'est sans l'avoir méritée.

Vous me direz peut-être : — La croix ne se donne pas aux chevaux.

— Non, sans doute ; mais c'est à tort.

Combien de croix ont été gagnées par eux, et non par leurs maîtres !

Oh ! si les chevaux étaient lettrés, comme ils auraient droit de s'écrier :

Sic vos, non vobis !

Heureusement que ne sachant pas le latin, ils ne peuvent faire des commentaires sur ceux de César.

N'importe, s'ils ne disent mot, je gage qu'ils n'en pensent pas moins !

Ils pensent qu'eux seuls ont mérité la croix.

Depuis le cheval du *Brasseur de Preston*, jusqu'au coursier généreux de plus d'un général que je pourrais citer, le fait est arrivé maintes fois. C'est connu, prouvé. Notre intention n'étant pas de prouver ce qui l'est déjà, nous n'insisterons pas davantage sur cette grave question.

Ne serait-il pas juste et équitable de décorer les chevaux qui ont bien mérité de la patrie ?

Un empereur romain, de son cheval fit un consul. Cet empe-
reur-là n'avait pas tort. Loin de là, il avait raison.

Mais revenons à l'ordonnance de son Excellence. C'est elle
qui transmet les ordres de ministère en ministère.

Avec sa sacoche de cuir, l'ordonnance se porte sur tous les
points de la capitale.

Après vingt-quatre heures d'un pareil service, le cheval est
sur la litière.

Son Excellence n'emploie pas ses ordonnances exclusivement
pour le *service de l'état*. Souvent aussi elle leur fait faire un
service beaucoup plus intime.

Son Excellence vient d'écrire elle-même, sans l'intermédiaire
de son secrétaire.

De ses mains ministérielles elle cachète la lettre mystérieuse.

Vous pensez qu'il s'agit d'un secret tellement important que son Excellence seule peut le connaître.

Je vais vous donner le mot de l'énigme.

Son Excellence vient d'écrire à sa maîtresse qui l'attend à sa *villa*, ou bien sur quelque roche déserte.

Si la maîtresse de son Excellence est à sa *villa*, c'est l'ordonnance qui sert de Mercure galant.

Si elle prend les eaux de *Dieppe*, de *Baden* ou de *Spa*, son Excellence expédie un courrier extraordinaire pour lui porter sa dépêche amoureuse.

Le courrier part ventre à terre et revient de même.

Avouez que dans ce courrier extraordinaire, ce qu'il y a de plus extraordinaire c'est le métier qu'il fait , qu'on lui fait faire à son insu. Il croit galopper sur la grande route pour le service de son pays.

Nullement : c'est pour le service particulier de son Excellence.

Heureuse Excellence, qui toujours a sous les mains des ordonnances à pied et à cheval !

Des courriers ordinaires et extraordinaires!

Et...

— Comment, ce n'est pas encore tout ?

— Vraiment non.

— Quoi donc encore ?

— Et le télégraphe ! l'aviez-vous donc oublié ?

— Ah ! le télégraphe ! c'est juste. Parlons du télégraphe !

CHAPITRE III.

Physiologie du Télégraphe.

De tous les serviteurs zélés et bien *pensants* dont s'environne une Excellence, il n'en est point de plus utile, de plus alerte que le télégraphe.

Pour servir son Excellence, on peut dire, à la lettre, que le télégraphe se *met en quatre.*

Il se plie et se replie.

Il monte et descend.

Il agite ses grands bras.

Allonge ses jambes comme un clown.

On dirait un géant muet qui veut parler son langage de muet, et fait signe qu'on l'écoute.

Personne n'est mieux placé sur le télégraphe pour crier la vérité sur les *toits*; et cependant il s'en garde bien. Souvent il a des raisons pour cela. D'excellentes raisons, même.

Le télégraphe ressemble à beaucoup de choses; mais le plus souvent, on le prendrait pour une cheminée au repos.

J'appelle cheminée au repos, celle qui ne fume pas.

Le télégraphe ne fume pas, lui, mais souvent il fait fumer.

Quand l'horizon du *Constitutionnel* se rembrunit, quand les nouvelles télégraphiques ne sont pas favorables, son Excellence fume, et c'est le télégraphe qui en est cause.

On pourrait donc à la rigueur comparer le télégraphe à un tuyau de pipe.

Tuyau de pipe ministérielle.

Avec cette pipe-là, son Excellence fume, mais sans tabac.

L'origine du télégraphe se perd dans la *nuit* des temps; et cependant le télégraphe de nuit est encore à naître.

Le télégraphe de *jour* est le seul qui soit breveté.

Celui de nuit a tenté d'inutiles efforts pour sortir du chaos; aux yeux de son heureux rival, le télégraphe de nuit n'est qu'un intrus, un contrebandier, un télégraphe de contrebande.

Et le télégraphe de jour, croit-il donc que lui aussi il ne fait pas la contrebande?

O télégraphe! c'est bien vous qui êtes le plus grand contrebandier que je connaisse!

Vous en revendriez au plus habile fraudeur aux barrières qui jamais se soit joué du fisc, et des agens de M. Humann!

— Le télégraphe un contrebandier! Comment ça..... je ne comprends pas? Eh quoi! vous douteriez de son authenticité, de sa bonne foi? Expliquez-vous; qu'entendez-vous par télégraphe de contrebande? avec le télégraphe, il faut s'expliquer clairement.

— *Clairement!* le mot est bien trouvé à propos de télégraphe.

Mais vous ne savez donc pas qu'il n'est rien de plus obscur que le télégraphe?

—Obscur!

— Eh ! oui, sans doute : le télégraphe est l'ami du brouillard, son ami intime.

Point de télégraphe sans brouillard !

Point de brouillard sans télégraphe !

Voyez : il fait un temps magnifique, le soleil darde des rayons de feu, sa chaleur est de trente-deux degrés centigrades.

Du Nord au Midi, de l'Est à l'Ouest, vous cherchez dans l'immensité du ciel un petit coin qui soit obscur , un petit nuage qui passe, traînant après lui son manteau couleur de muraille.

Ne cherchez pas davantage , vous ne trouveriez rien. Le ciel est clair, parfaitement clair.

N'importe, soyez sûr que le télégraphe saura bien découvrir son brouillard, son cher brouillard!

Il a besoin de lui , il ne peut s'en passer, donc il le trouvera !

Sur cent nouvelles télégraphiques, quatre-vingt-quinze seront donc *interrompues* par le *brouillard* ?

C'est que sur cent, son Excellence n'en a que cinq qu'elle puisse avouer, qu'elle ait hâte de faire connaître,

Vous saviez déjà comment en France on écrivait souvent l'histoire.

Vous saurez maintenant comment une Excellence se sert du télégraphe.

C'est en le faisant accompagner de son cher brouillard.

Le brouillard c'est *Bertrand* !

Le télégraphe c'est *Robert-Macaire* !

CHAPITRE IV.

Le pouvoir dans l'embarras. — Le Conseil des ministres.

✽❦◉❦✽

Quand les nouvelles ne sont pas aussi favorables que leurs Excellences pourraient le désirer, le ministère ruse.

Et vous connaissez le proverbe!

Qui *ruse muse!*

Dassas, tombé dans une embuscade, s'écriait : à moi, Auvergne!

Le télégraphe, tombé sous le vent d'une mauvaise nouvelle, s'écrie :

A moi, brouillard!

Et le brouillard se hâte d'accourir.

C'est ainsi, je gage, que la chose vient de se passer.

— Le ministère vient de recevoir une fâcheuse nouvelle.

— Comment le savez-vous?

— J'en suis sûr.

— Mais encore!

— J'en suis sûr, vous dis-je, et la preuve c'est que la dépêche a été interrompue..... par le brouillard!

— *Interrompue !*

Le mot est assez clair, je pense, malgré le brouillard qui l'environne.

— Mais enfin, quel peut être le contenu de cette dépêche?

— Le contenu tout *entier*, vous le saurez, *peut-être*, plus tard; pour le moment, pour aujourd'hui, vous n'en saurez que la moitié, l'autre moitié viendra demain : demain sera encore trop tôt.

— Pour moi !

— Non pas pour vous, mais pour le ministère.

Quand le ministère est dans l'embarras, il n'est jamais pressé de le faire connaître. Cela se conçoit à merveille : il faut laver son linge sale en famille.

Par la même raison, il ne faut livrer ses mauvaises nouvelles qu'à ses amis.

Or, le public n'est pas toujours l'ami du ministère; au contraire.

Le ministère est dans l'embarras, vous dis-je. Rappelez-vous le mot, le mot unique de l'huissier audiencier de son Excellence :

Recensement !

Il ne s'agit pas ici d'un livre;

D'une page;

D'une ligne;

D'une phrase; d'une toute petite phrase.

Il ne s'agit que d'un mot, composé de quatre syllabes.

Eh bien, en vérité, je vous le répète, ces quatre syllabes en disent plus, beaucoup plus qu'elles ne sont grosses.

Elles portent avec elles des orages, des tempêtes.

Au moment du danger les amis se rassemblent.

Leurs Excellences, qui se croient dans le plus grand péril, viennent donc se réunir.

La pléiade ministérielle a pris place dans la salle du conseil.

On dirait les sept chefs devant Thèbes!

Devant Thèbes aux cent portes!

Mais, à propos de portes, rassurez-vous : il n'est point question d'en enfoncer.

Leurs Excellences n'enfoncent aucunes portes; mais, en revanche, on les leur ferme, comme vous le verrez bientôt.

Pour le moment, leurs Excellences sont assises en cercle, en *demi-lune*; ce qui ne veut pas dire que leur règne doive aller en *croissant*, Dieu merci!

Le conseil des ministres est assemblé.

Quel conseil vont donner MM. les conseillers ?

Donner n'est peut-être pas ici le mot propre.

C'est plutôt *prendre* qu'il faudrait dire.

Prendre est une habitude si grande pour leurs Excellences, que depuis longtemps elles ont désappris à rien donner, pas même un conseil.

Quel conseil prendront MM. les conseillers ?

Grande question! Question ardue!

Qui pourra dénouer ce nouveau nœud gordien?

Sera-ce l'illustre maréchal lui-même, avec sa bonne épée de Toulouse?

Il gagna la bataille de Toulouse, c'est vrai. Une fois il y fut vainqueur ; une fois il put monter à son Capitole pour y rendre grâce aux dieux ! Mais aujourd'hui !

Si le vainqueur d'autrefois allait être le vaincu d'aujourd'hui !

Si Toulouse allait être le Waterloo du ministère !

De telles prévisions ne sont rien moins que rassurantes.

Que faire ? A quel parti s'arrêter ? L'ordonnance de M. Humann sera-t-elle mise à exécution, ou sera-t-elle retirée ?

Messieurs les conseillers sont dans une grande perplexité.

Qui pourra la faire cesser ?

Demandez à M. Bouchardy ; il vous dira, que pour composer un drame à fortes émotions, ce n'est pas le tout de compliquer l'intrigue ; qu'il faut à la fin qu'elle se *dénoue*.

Pour leurs Excellences, quel sera le *dénoûment* ?

Où donc est le *deus ex machinâ* ? Nous l'attendons !

Patience : il viendra. Toutes les pièces ont leur dénouement, même les mauvaises. La comédie du *Recensement* aura donc aussi le sien, de dénouement.

Et tenez, voici une porte qui vient de s'ouvrir mystérieusement ; une lettre est apportée et lue.

Cette lettre, d'où vient-elle ? quelle main l'a écrite ?

Qu'importe le nom du secrétaire ? La lettre servira de dénouement. Devant son contenu toutes les irrésolutions cessent.

Le *Recensement* se fera ; mais comment se fera-t-il ?

M. Humann va triompher, mais de quelle manière ?

Le ministère l'emporte : il est le plus fort.

Chaque Excellence dépêche un courrier.

— Comment ! un courrier par Excellence ?

— Pourquoi pas?

Il en est même qui en expédieront deux.

Le premier pour affaires particulières.

— Et le second?

— Encore pour affaires particulières.

— Et les affaires de l'État?

— Elles viendront après.

La France va donc s'occuper de monsieur Humann une fois encore?

Pour n'être pas en retard avec la France, nous ferons comme elle.

Une fois encore nous nous occuperons de monsieur Humann!

Le *Recensement* c'est monsieur Humann.

Monsieur Humann c'est le *Recensement*.

Les deux font la paire.

Parler de l'un c'est parler de l'autre : nous sommes donc parfaitement dans la question.

CHAPITRE V.

Encore M. Humann.

❈

Encore M. Humann! s'écriera peut-être le lecteur.

Eh! mon Dieu, oui! encore lui, et toujours lui!

Nous observerons, en passant, que le mot *encore* est un mot de reproche. Il faut que M. Humann en ait mérité quelqu'un de notre part; c'est probable.

Avant de parler de nos griefs, parlons du grand homme.

M. Humann est alsacien, comme son nom l'indique suffisamment; il est du pays de la choucroute et des machines à vapeur.

M. Humann fonctionne-t-il lui aussi à la vapeur? Je ne dirai pas non : ce qu'il y a de sûr, c'est qu'il met une prestesse surhumaine à fabriquer des chiffres.

Du reste, à une époque où tout se fait à la vapeur, pourquoi n'aurions-nous pas des ministres également à la vapeur?

Je ne prétends pas par là que son Excellence soit *évaporée.* Nullement. M. Humann est comme M. Dupin, fort *rassis* : il est même des personnes qui le trouvent *dur.*

M. Humann est d'une force prodigieuse dans l'art de grouper des chiffres. Celle des quatre règles qu'il connaît le mieux, c'est la multiplication.

Il multiplie, multiplie et multiplie!

Dans cinq mille ans, c'est à M. Humann qu'on attribuera le miracle de la multiplication des pains.

M. Humann, dans ses calculs mathématiques, *pose* sans cesse : il *retient* également sans cesse.

Je *pose* et je *retiens*, voilà la vraie devise du ministre alsacien. Cette devise, il la répète nuit et jour. Il lui arrive parfois d'oublier la première moitié de sa devise : — Je *pose*.

Quant à la seconde moitié, il ne l'oublie jamais.

Il *retient* toujours.

— Que retient-il?

— Tout : absolument tout ce qui peut lui tomber sous la main. Jusqu'aux *centimes additionnels* qu'il ne laisse pas échapper, il s'en gardera bien.

M. Humann vous dira au juste combien la livre de sel qu'on vient de *passer* par contrebande, rapportera de bénéfice par jour au contrebandier. En supposant que la livre contienne trois cent soixante-cinq grains, il les divisera par autant de jours qu'il y en a dans l'année, ayant grand soin de ne pas oublier les année bissextiles.

Ainsi, que le contrebandier se tienne pour averti. Il n'a pas de plus grand ennemi que M. Humann.

O contrebandier! que Dieu te garde de M. Humann et de ses agents! ta bonne carabine ne saurait te protéger contre leur poursuite.

Non seulement M. Humann est un grand mathématicien, mais il est encore un habile compositeur.

Nous ne parlerons pas des opéras que la France *musicale* lui doit; mais nous citerons les *ouvertures* qu'elle lui paie.

Le nombre des *ouvertures* Humann est prodigieux : l'auteur seul peut être à la hauteur d'un pareil calcul.

Nous avons un conseil à donner à M. Humann, non pas comme ministre, mais comme compositeur.

Il peut essayer de l'*ut*; voltiger du *ré* au *mi*; passé du *fa* au *sol*, faire un repos au *la*,

Et s'arrêter au *si* s'il est fatigué.

Il peut ainsi monter et descendre l'échelle chromatique. Mais qu'il prenne bien garde de jamais s'endormir sur le *do*.

La France le laisserait dormir sur son *do*, et lui tournerait le sien.

En talents M. Humann cumule, vous venez de le voir : et cependant nous le soupçonnons d'être mauvais chrétien.

Comment ça ?

— C'est que l'Evangile ne semble pas avoir été écrit pour lui. Que dit l'Evangile en termes clairs et précis ?

« Demandez et vous recevrez. »

« Frappez et l'on vous ouvrira. »

Voilà quelles sont les promesses formelle de l'Ecriture.

Eh bien ! M. Humann demande, et on le refuse ; il frappe à la porte, et la porte ne s'ouvre pas.

Contribuables, mes confrères, voilà qui n'est pas charitable de votre part. Fermer votre porte à qui vient vous visiter, nous paraît une conduite peu conforme aux lois de la civilité puérile et honnête.

Allons contribuables, montrez-vous plus hospitaliers.

Ouvrez, ouvrez, c'est M. Humann qui frappe à votre porte : Il frappe au nom du budget !

Au nom du budget qui le porte!

Au nom du budget qui lui sert de monture!

Et connaissez-vous la monture de M. Hpmann?

Ma parole d'honneur elle mérite d'être vue.

CHAPITRE VI.

M. Humann à cheval sur le budget.

⚜

Contribuables, si vous n'ouvrez pas à M. Humann, du moins mettez le nez à votre fenêtre, c'est M. Humann et sa monture qui passent.

Que dites-vous de la monture et du cavalier?

N'est-ce pas qu'ils sont dignes l'un de l'autre ?

Le budget porte M. Humann.

M. Humann conduit le budget.

Quel budget monstre ! quel monstre de budget !

Il paraît que monture et cavalier sont enchantés des services réciproques qu'ils se sont rendus.

Depuis que le budget porte M. Humann, M. Humann se porte comme le Pont-Neuf.

Depuis que M. Humann conduit le budget, le digne animal a engraissé d'une façon prodigieuse.

Regardez et regardez bien....

Contribuables, ne craignez rien, le budget n'entrera pas chez vous : il ne pourrait passer, il est bien trop gros.

Voyez comme son allure est lourde et pesante !

Il s'avance lentement, lentement ! N'importe, il arrivera toujours à son but : il pourra mettre un an pour l'atteindre ; mais au bout de l'année il aura fait sa grande étape.

Passe encore pour les étapes ordinaires ; mais des étapes extraordinaires que se permet la monture de M. Humann, vous ne voulez pas en entendre parler, et peut-être avez-vous raison.

Déjà vous allez refermer votre fenêtre : c'est trop tôt, beaucoup trop tôt ; vous n'avez pas eu le temps de tout voir.

Regardez encore !

Quand le bœuf gras s'avance, vous accourez, vous vous pressez sur son passage, vous venez à sa rencontre pour l'admirer.

La monture-Humann mérite bien les mêmes égards.

Voyez comme elle est harnachée !

Contribuables, c'est vous qui avez fourni le harnais ; vous devez donc le reconnaître.

Et du cavalier, qu'en dites-vous?

Comme ses mains sont saintement tendues pour l'aumône!

Comme elles portent avec grâce la tirelire gouvernementale!

Ne l'entendez-vous pas qui vous crie :

— L'aumône, s'il vous plaît!

Et vous ne la feriez pas à l'homme qui la demande avec tant d'onction, avec tant de grâce!

Mais vous avez donc le cœur aussi dur que celui des habitants de Toulouse?

Contribuables, vous êtes Toulousains, j'en suis sûr ; à moins pourtant que vous ne soyez Auvergnats. Qui êtes-vous? Votre nom?

Ils ne daignent même pas se nommer. Allons! c'est un parti

pris d'avance. Ils ont juré de ne pas faire fête à M. Humann et à sa monture; et cependant pour les voir on devrait bien donner deux sous.

Deux sous multipliés par trente-deux millions feraient trois millions deux cent mille francs.

Contribuables, donnez vos deux sous, et M. Humann sera enchanté.

Il vous dira grand merci pour lui et sa monture.

CHAPITRE VII.

Une comédie dans la rue. — Le nez des contribuables et le nez du fisc.

M. Humann l'avouera; dans le chapitre précédent j'ai *fait l'article* en sa faveur, j'ai bien mérité de son Excellence; donc, qu'elle me donne la croix; je veux une croix, deux croix, j'en veux trois, comme le baron de Béranger!

— Décoré par M. Humann! et pourquoi?

— Comment! pourquoi? La question est plaisante! N'ai-je pas crié aux contribuables : « Ouvrez! c'est M. Humann qui frappe.... » L'ai-je dit? Ai-je prêché l'évangile du budget, oui ou non?

— C'est vrai, mais....

— Quoi?

— Les contribuables ont-ils ouvert?

— Leur porte?

— Oui.

— Non pas précisément leur porte, mais, en revanche, ils ont ouvert leurs fenêtres, ils ont montré le bout de leur nez de contribuable, et qu'ont-ils vu alors?

— C'est moi qui vous le demande.

— Ils ont vu que le nez du fisc était beaucoup plus long que le leur : le nez des contribuables était un nez extraordinaire, le nez du fisc était extraordinaire.

Ce nez-là avait un pied de nez.

Le pied de nez du fisc était bien un *pied de roi*; mais, en historien fidèle, nous devons mentionner qu'il était de plus de douze pouces, de plus de cent quarante-quatre lignes ; il avait vingt-quatre pouces et deux cent quatre-vingt-huit lignes.

C'était un nez hors *ligne*.

N'en soyez pas étonné, disaient de mauvais plaisants : aujourd'hui tout est doublé en France, il n'y a que notre gloire qu'on dédouble.

Ces gens-là étaient des malveillants, c'est évident.

Voilà donc deux nez en présence !

Le nez des contribuables, qui se montre furtivement et en raccourci ; le nez du fisc, qui s'avance dans toute sa longueur. Évidemment le nez du fisc avait l'avantage sur son rival.

Il était beaucoup plus long !!!!

Longtemps les deux champions restèrent en présence : celui d'en haut admirant celui d'en bas, celui d'en bas contemplant celui d'en haut.

Sans doute, il est beau de se regarder et de s'admirer réciproquement; mais il est une fin, même aux meilleures choses.

Le nez du fisc voyant que son rival était fixe, immobile à son poste, prit une grande résolution.

— Et laquelle?

— Vous allez voir.

Le nez du fisc prit ses bonnes lunettes d'approche, et il se mit à *recenser* le nez des contribuables.

— Comment! le nez seulement?

— Le nez, c'est beaucoup. Bien plus, il est des gens, — encore des malveillants, — qui prétendent que le fisc ne recensa pas même le nez des contribuables.

— Que recensa-t-il donc?

— Quoi?.... Devinez!.... le numéro de leurs maisons.

— Des maisons recensées au lieu et place de leurs habitants, mais quand viendra le quart-d'heure de *Rabelais*, que feront les contribuables? ne seront-ils pas en droit de dire au fisc:

« — Moi, je ne vous connais pas; adressez-vous à ma maison. »

Que fera la maison? si elle est en bois, en bois dont on fait les contribuables, peut-être se laissera-t-elle amollir. Mais si son cœur est de *pierre*, elle en sera une d'achoppement pour le fisc.

Pauvre fisc!

Pauvre M. Humann! franchement, je vous plains!

Mais aussi pourquoi diable vouloir nous recenser malgré nous?

Il est possible que les habitants de Toulouse et ceux de Clermont n'aient pas le nez long, mais en revanche ils ont la tête dure.

M. Humann aurait dû le savoir.

CHAPITRE VIII.

Le recensement quand même.

A la nouvelle encore *télégraphique* de ce qui vient de se passer à Toulouse, à Clermont et dans beaucoup d'autres villes non moins *provençales*, non moins *auvergnates*, leurs Excellences se sont réunies de nouveau.

Quels ont été les mystères de ce grand nouveau conseil?

L'auteur de la *Physiologie du Recensement* pourrait vous le dire: eh bien! il n'en dira rien. Après avoir prêché l'Evangile du budget en faveur de M. Humann, il se gardera bien de trahir leurs Excellences. Mais il demande, derechef, la croix pour prix de sa discrétion. Il en avait postulé deux, trois même; mais maintenant, il se contentera d'une; trois ce serait trop; ne faut-il pas que chacun ait la sienne?

L'auteur sera donc muet comme un gardien de sérail; muet! quand il pourrait dire tant de choses! avouez qu'il est peu d'auteurs de sa trempe! mais aussi quelle récompense ne lui est pas réservée?

Aux personnes trop curieuses qui voudraient l'interroger, il répondra comme l'huissier audencier de son Excellence :

« Motus! »

— Mais enfin le Recensement se fera-t-il?

—Ne m'interroges pas : j'ai dit que je serais muet.

— De grâce, parlez.

— C'est inutile, je veux avoir la croix ; je saurai la mériter.

— Que le diable vous emporte avec votre croix!

— Vous dites-là une sottise, le diable n'emporte pas les gens à croix.

— C'est encore possible ; mettez une sottise sur mon compte, j'y consens ; seulement, je voudrais bien savoir....

— Quoi ?

— Si le Recensement se fera.

— Eh bien, oui, il se fera. Etes-vous content ?

— Non !

— Satisfait ?

— Non !

— Ravi ?

— Non !

— Alors, c'est que vous n'êtes pas raisonnable. Surtout, gardez-vous bien de dire que je vous ai révélé ce grand secret.

— Lequel ?

— Que le recensement se ferait quand même.
M. Humann ne voudrait plus me décorer.

— Mais si le Recensement se fait quand même, que deviendront Toulouse, Clermont et compagnie qui n'en voulaient pas ?

—Voilà ma réponse ! ces villes-là seront mal notées dans leur quartier.

—Ah ! leurs excellences prennent des notes ! que diraient-elles si l'on s'avisait d'en prendre sur leur compte !...

— Motus !

— Si...

—Motus, vous dis-je; je vous le répète, sous le sceau du secret.
Le Recensement se fera. Le ministère le veut, et ce que le ministère veut, Dieu le veut.

— Eh si la France ne le voulait pas !

— Ah ! la France ! c'est différent !...

Qui vivra verra !!!

En attendant, ma jolie bouquetière, offrez des fleurs, non pas
au fisc, mais à Toulouse et à Clermont.

C'est la France qui vous paiera vos fleurs !

TABLE DES MATIÈRES.

Paris. — Imp. C. Bajat, rue Montmartre, 131.

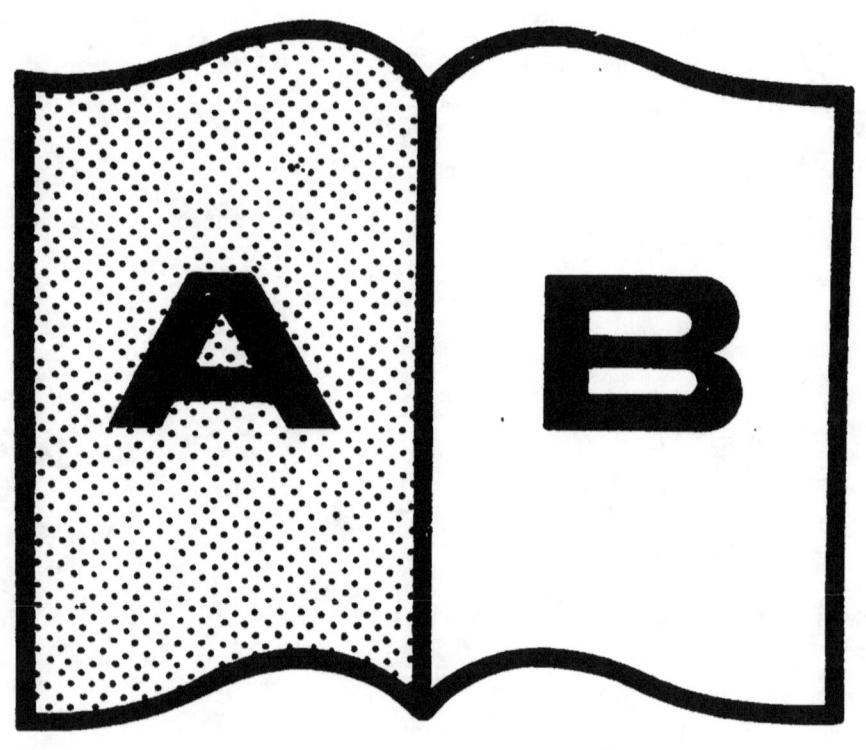

Contraste insuffisant

NF Z 43-120-14

www.ingramcontent.com/pod-product-compliance
Lightning Source LLC
Chambersburg PA
CBHW071252210626
46818CB00013B/1397